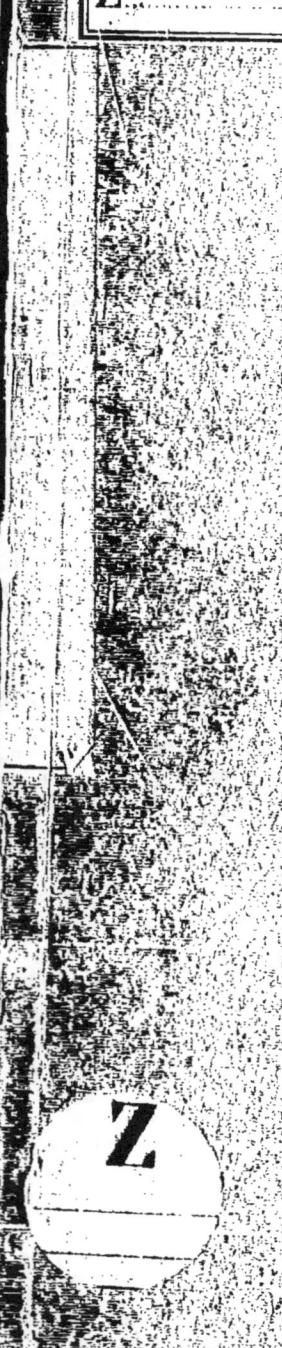

LE
SPECTATEUR
LITTERAIRE,

OU

REFLEXIONS DESINTERESSÉES

Sur quelques Ouvrages nouveaux,

ADRESSEES

A M. LE PRESIDENT DE ***

EN PROVINCE.

TOME PREMIER.

M. DCC. XLVI.

AVIS.

ON n'a donné les Extraits dans ces premieres Lettres que des Ecrits nouveaux ; les moins récens, & dont Monsieur l'Abbé Desfontaines, ou l'Auteur des Lettres de la Comtesse De * * *, n'avoient pas encore parlé. Dans les suivantes, si celles-ci sont bien reçues du Public, on rendra compte de plusieurs Ouvrages qui viennent de paroître, en tous genres, & surtout des Pieces nouvelles qui occupent à présent les Théâtres.

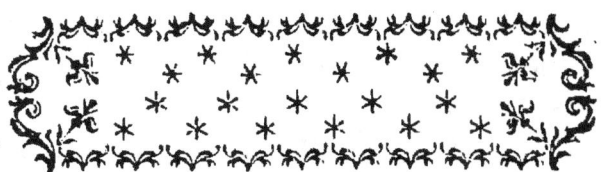

LE SPECTATEUR
LITTERAIRE.

PREMIERE LETTRE.

DEPUIS votre départ, Monsieur, vous avez été, dites-vous, aussi curieux que mal instruit de nos Nouvelles Littéraires. Vous ne vous en rapportiez pas même au célébre Abbé Desfontaines, critique éclairé, mais partial dans les jugemens, élégant, mais superficiel dans ses analyses, dont l'esprit toujours entraîné dans les égaremens du cœur, asservit trop souvent aux fureurs d'un Zoïle, l'érudition d'un Photius, la sagacité d'un Aristarque, & la plume d'un Quintilien.

A

Ses Succeſſeurs, avides héritiers qui n'avoient pas même attendu ſa mort, vous ont retracé ſes défauts, ſans vous dédommager de la perte de ſes talens. Laſſé des emportemens indécens de nos Critiques modernes, de leurs ſanglantes railleries, & de leur baſſe jalouſie, rebuté de l'aigreur, & ſouvent de la dureté de leur ſtile, vous ſouhaiteriez qu'un amateur des Lettres, qui ne fût point Auteur, ou du moins affiché pour tel, neutre dans les partis & les querelles du Parnaſſe, exempt de prévention, & ſur-tout d'envie, voulût s'occuper à vous rendre compte des Ouvrages nouveaux.

Il vous a plû de me trouver ces qualités, & d'autres dont je me flatte moins, propres à remplir votre idée. Vous m'exhortez à vous donner un Eſſai de cette nouvelle Correſpondance; vous voulez même m'engager à l'entretenir avec le Public. Que ne peut l'amour-propre encouragé par l'amitié? Je n'entre d'abord que pour vous dans cette carriére, toujours peu glorieuſe, & quelquefois ſu-

nefte ; cependant , fi je puis vous faire approuver mon début , j'augurerai
mieux du fuccès , & je m'expoferai
(peut - être , fort indifcrettement)
aux dangers de la preffe.

Ce n'eft pas que l'exemple ne me
raffurât , fi je voulois fuivre celui de
quelques-uns de nos Ecrivains pério-
diques. Des portraits ufés , rajeunis
par la malignité , quelques Epigram-
mes tirées de l'oubli , beaucoup de
rempliffage pris fans choix à droite &
à gauche , le tout entremêlé de réflexions fatyriques , affaifonné d'un fel
mordant , & foutenu d'une effronte-
rie cynique , fuffifent pour fe faire une
réputation dangereufe , il eft vrai,
mais affèz étendue pour mettre à la
mode ces foibles avortons de l'envie
& de la cupidité.

Quelle reffource ne trouveroit-on
pas dans la fatyre éternelle de l'Académie ! Ce fujet épuifé depuis fi longtems femble toujours inépuifable,
Nos Critiques malins tombent , je
l'avoue , dans des Répétitions fafti-
dieufes , & qu'importe, tout le monde
ne les a pas fuivis à la pifte , eux &

leurs corréspondans ,pour venir fixer le lieu où la datte de chacuns de ces traits : ils sont nouveaux pour le grand nombre.Dailleurs ces Messieurs ne peuvent contenir leur passion singuliére pour cet illustre Compagnie : comme ces Amans maltraités qui se vengent par des invectives , sans se guérir de leur amour ; ils passent leur vie à dire du mal de l'Académie & à souhaiter d'en être.

Si j'étois d'humeur à les imiter j'aurois encore un autre moyen de me faire lire avec un empressement, qui ne fait peut-être guére plus d'honneur aux Lecteurs qu'aux Ecrivains. Ce seroit d'appuyer sans cesse comme c*** sur l'inégalité de quelques Ouvra-g*** récens du premier de nos Poëtes : quel champ de bataille pour la mémoire de ces Censeurs , plûtôt que pour leur imagination ? quel ample Recueil de bons mots qui ne leur coutent guéres ? enfans de l'amour-propre toujours prompt à saisir le foible d'une grande réputation ? quel bonheur pour tous ces Paris de la Littérature, de découvrir qu'Achille n'est

pas invulnérable, & de le blesser au
talon. Heureusement leurs flèches,
quoiqu'empoisonnées, ne sont pas
mortelles. Après tout ces faibles
émules peuvent triompher hardiment, & sans crainte de représailles,
de ce qu'ils appellent les chûtes de
Monsieur de Voltaire, ils ne tombe-
ront jamais de si haut.

Peu connus par les talens, c'est
assez pour eux de se faire un nom
aux dépens de ceux qui le possédent,
la vanité rebelle à la supériorité du
génie, goute un plaisir malin à la voir
rabaisser, ils provoquent encore jusques dans le sein de la gloire & du
repos, les Crébillons & les Fonte-
nelles : semblables à ce fameux Déla-
teur de la Cour de Néron, qui accu-
soit avec audace & poursuivoit avec
acharnement les plus grands de la
République, *ut magnis inimicitiis cla-
resceret.*

Voilà, Monsieur, une légére idée
des facilités qu'on trouve à satisfaire
la populace des Lecteurs. Il n'en est
pas de même des vrais génies & du
petit nombre d'honnêtes gens ama-

teurs désintéressés du bon goût &
de Belles-Lettres. Ceux-ci exigent
davantage, il faut, s'il est possible,
joindre la correction du stile à la
légéreté de l'expression, le détail à
la briéveté, l'exactitude à l'élégance,
l'érudition au ton du monde, la dé-
cence à la raillerie, & la modération
à une critique sévére.

Quelle disproportion, Monsieur,
entre peu ou point de talens & de si
grands objets, je suis bien éloigné de
pouvoir les embrasser tous, mais
j'ose me promettre d'approcher de
ce but autant qu'on peut l'attendre
de la plus scrupuleuse attention ; du
moins je vous répons d'une impar-
tialité constante & d'un attache-
ment inviolable aux régles de la po-
litesse, vous ne verrez point dans
mes lettres de ces personalités odieu-
ses, opprobres de la Littérature, de
ces reproches inhumains qui tombent plus souvent sur les mœurs ou
l'infortune d'un Auteur, que sur ses
écrits. Si je me permets quelquefois
un trait ironique ce sera sans affectation, & jamais la plaisanterie ne

portera sur l'écrivain. L'ouvrage même sera critiqué avec tous les égards imaginables & sans sortir des bornes de la bienséance.

Enfin, M. je rendrai justice au mérite autant que mes faibles lumiéres me permettront de le connoître. Je prétends louer sans adulation & sans espoir du réciproque. Je ris de ce commerce intéressé d'éloges toujours reproché à un corps célébre, & pratiqué jusqu'à la fadeur par ceux même qui l'ont tourné en ridicule.

Avec toutes ces précautions, j'entrevois encore beaucoup de difficultez à remplir mes engagemens au gré de tout le monde. Si j'ai le malheur de déplaire à quelque bel esprit moderne, il entraîne dans sa cabale ses Sectateurs, ses Protecteurs, & qui pis est, vingt jolies femmes, ennemis d'autant plus dangereux qu'ils sont plus aimables, sûrs d'attacher à leur parti une foule d'adorateurs. C'en est assez pour arrêter le Critique le plus intrépide, surtout quand il n'a pas secoué le joug du beau Sexe.

Mais qui ne seroit effrayé de la
A v

multitude d'écueils à éviter, de goûts
à contenter & de préjugés à combattre ? Quel fiécle en effet, depuis
la renaiffance des lettres, fut plus
infecté que le nôtre, d'erreurs &
de préventions confacrées par la
mode ou par la cabale ; ce font les
feuls noms qu'on puiffe donner à ces
innovations introduites de notre
tems prefque dans tous les genres
& furtout dans le Dramatique.

La Tragedie qui tiroit autrefois
des Hiftoires connues l'image des
Héros & de leurs actions femble n'a-
voir plus de traits affez forts pour
les peindre : plûtôt que de s'élever à
leur véritable grandeur, elle s'abaiffe
à des fujets de pure invention, où
l'Auteur eft plus à fon aife, & le
fpectateur plus tranquille. Nul intérêt, nulle émotion que dans des
cœurs nouris d'une vaine tendreffe.
Si l'efprit eft frapé, c'eft des fauffes
lueurs d'une idée gigantefque, ou
d'une pompeufe maxime qui n'eft pas
toujours vraye, plus rarement neuve,
& prefque jamais à fa place. On fai-
foit autrefois les vers pour les Tragé-

dies, on fait à-préfent les Tragédies
pour les vers.

Qui le croiroit, qu'en même tems
tems la fcène comique fut inondée de
pleurs, trifte effet de ces Piéces nouvelles, où des Héros bourgeois, s'ef-
forcent d'exciter en nous par des Dia-
logues élégiaques les paffions tragi-
ques confacrées aux plus grands évé-
nemens & aux caractéres les plus fu-
blimes : genre incertain , & fi je l'ofe
dire , hermaphrodite , double en apparence , & nul en effet.

Cette dépravation du goût n'avoit
pas moins fait de ravage fur le Théâtre lyrique : tout Auteur apuyé d'un
parti dans ce qu'on appelle le beau
monde , ou foutenu par les talens
d'un bon Muficien , s'eft cru en droit
de rifquer un Poëme fur cette volup-
tueufe fcène ; nous avons vû des Ecrivains déja illuftrés par des Romans
& des Contes des Fées , prendre
exprès la peine de rimer leur profe, &
quelquefois celle des autres.

Ces Héros de l'efprit le font régner
par-tout. Ils méprifent la marche unie
de fentiment trop fervilement obfer-

vé par les Quinaut & par les Roys. Le
jeu continuel des idées, souvent celui
des mots, brillent davantage à leurs
yeux, & à ceux de leurs admirateurs.
D'autres, à la faveur d'une musique
tendre & d'un chant séducteur, font à
l'oreille une illusion qui se dissipe à la
lecture. On voit alors à nud la trivia-
lité de ces paroles si vantées.

Cependant il faut l'avouer, la con-
tagion de ce faux goût n'a point ga-
gné tous les esprits. Le beau, le vrai
le pathétique, ont encore des parti-
sans. Rien ne le prouve mieux que
l'empressement du public aux repré-
sentations de l'Opera d'Armide. Une
forte passion exprimée dans les vers,
peinte dans la musique reprend sur
tous les cœurs son empire ordinaire; ce succès beaucoup plus com-
plet que les triomphes passagers
des colifichets à la mode, décide de
la victoire du sentiment sur l'esprit
& du naturel sur le difficile.

Encouragé par cet exemple, &
charmé de voir applaudir unanime-
ment un des chef-d'œuvres du beau
siécle de Louis XIV, je me persuade

qu'on verroit avec quelque plaifir,
une critique jufte de tant d'écrits
nouveaux qui reffemblent fi peu à ces
grands modeles : quoique peu capa-
ble de remplir dignement un emploi
fi difficile, je cede à vos confeils,
Monfieur, & je fouhaite que vous
ne foyez pas, avec le public, la dupe de votre indulgence pour moi.
J'ai l'honneur, &c.

II. LETTRE.

ALZAIDE,

TRAGEDIE,

Dont le succès a été au-dessus du médiocre, sembloit avoir dû satisfaire, à la représentation, l'amour paternel du Poëte, & la curiosité du Public. Monsieur Linant ne s'est pas contenté en cela : sa Piece paroît imprimée, je n'en suis pas fâché ; me voilà en état de vous en rendre compte.

ACTE I.

ZARAE's, Roy d'Arabie, Tributaire de l'Egypte, dont il avoit voulu secouer le joug, se trouve prisonnier d'Amenophis, Roy d'Egypte : & sans qu'on sçache trop comment il n'est connu de personne parmi ses vainqueurs, quoiqu'il soit gardé dans

Memphis , c'eft-à-dire , fous les yeux d'Amenophis-même , de fes Miniftres & de fon armée.

On fçait feulement qu'il eft prifonnier : le bon Amenophis n'en demande pas davantage. Il vouloit le voir feulement pour le confoler, Zaraès lui fait répondre qu'il n'eft pas vifible. Il a fes raifons, c'eft le nœud de la Piece.

Alzaïde , époufe de Zaraès arrivée *incognito* , par ordre de ce Prince, pour demander fa liberté , ouvre la fçene avec Pherès , Miniftre d'Amenophis ; leur converfation un peu longue ne nous apprend rien que ce que je viens de vous dire. Il eft vrai qu'il falloit de la place pour beaucoup de vers brillans & fententieux ; c'eft le goût d'à préfent. L'Auteur s'y prête, & fon Dialogue en général , reffemble affez à ce que Petrone appelloit , *Controverfias fententiolis vibrantibus pictas.* M' Linant vouloit étonner, éblouir : il y a réuffi. Je fouhaiterois qu'il eût été auffi heureux à émouvoir : Pherès dit, en parlant de la défaite de Zaraès ,

Que fes amis , fes Dieux vaincus l'aban-
donnérent.

Cependant il ne s'agit ici de rien
moins que d'une guerre de religion.

Alzaïde de fon côté n'eſt pas mieux
inſtruite des loix de la guerre & de la
politique. Elle trouve très-mauvais
qu'on retienne en priſon un tributaire
révolté qui a ravagé l'Egypte.

Après fon infortune , a-t-on dû l'enchaîner
Et vaincre? donne-t-il le droit de condam-
ner ?

Pherès , habile Miniſtre , fe laiſſe
perſuader par des raiſons fi fortes ; il
ne doute plus que la gloire n'oblige
Amenophis à rétablir Zaraès , & finit
cette Scene par ces deux vers , moins
magnifiques que les autres.

Eſperez tout , Madame : ce Héros
De fa gloire jaloux , vous rendra le repos.

SCENE II.

Alzaïde fait confidence à Ezire de
fon amour pour Amenophis , promiſe
à ce Prince , mariée à Zaraès par des
raiſons de politique ; après trois ans
d'abſence elle craint de revoir Ame-

nophis précisément, parce qu'elle l'aime toujours. Il y a de vrayes beautés
dans ce récit, tels sont ces vers :

> Des crimes du Tyran mon Pere épouvanté ;
> Fit parler à la Cour l'auftere vérité ;
> Il frappa Bufiris d'un remord inutile.

C'eſt dommage de voir ſitôt démentir
un ſi honnête homme ,

> Qui jura malgré lui de combatire ſon Roy.

Alzaïde exprime fort bien ce que'lle
a dû ſentir en ſe ſéparant d'un amant
aimé.

> Je partois : je le vis ſa profonde , triſteſſe ;
> Ses regrets, ſes fureurs, égaloient ma ten-
> dreſſe,
> Je ne lui parlai point : & tu dois concevoir
> Que ſans force, ſans voix, je ne pas que le voir.
> Mes ſens étoient troublés dans ce déſordre
> extrême ;
> Cruelle à mon amant , plus cruelle à moi-
> même ,
> Enfin je m'éloignai du tendre Amenophis ,
> Tournant encor les yeux vers les murs de
> Memphis.

Pherès revient annoncer à la Reine un

nouveau péril de son époux, on l'accu-
se d'une conspiration, le peuple demande sa mort, ce qui détermine Alzaïde à voir Amenophis & remplit le
reste de l'Acte.

ACTE II.

Le Roy tient conseil avec Nisus &
Menos, sur la conspiration & sur le
sort de Zaraès; ce Monarque, plus dé-
bonnaire que tous ses Antonins, fait
l'apologie de son ennemi, & panche
toujours à le délivrer.

Nisus compte pour rien la raison
d'état, il a trop de morale; il examine
seulement si Zaraès est honnête homme, & si son mérite est réel, il décide
le contraire par ces deux beaux vers :

Nos yeux sont éblouis de ces vices brillans,
Il n'a point de vertus, il n'a que des talens.

Et en conséquence il conclut à la prison perpétuelle.

Menos raisonne un peu plus juste,
moins philosophe & plus politique, il
opine à la mort, mais les faits qu'il
allégue, blessent cruellement la vrai-
semblance; vous en jugerez par ces

vers, dont les quatre premiers sont obscurs enjambés & rampants.

Ce rebelle, à vous perdre, empressé
Séduit le Sirien, l'arme, ce sont ces brigues,
Qui, soulevant l'Arabe, ont formé tant de
    ligues.
Jusques dans la Nubie, où j'ai sçu ses com-
    plots,
Il paroît fuir nos yeux & chercher le repos?
Plus il se cache & plus il doit être terrible;
Il est prêt d'éclater, puisqu'il semble paisible
Dans ses déguisemens, toujours si redouté,
Il sçut joindre la fraude à la témérité,
Trompa ceux qu'il soumit & ceux qui le
    vainquirent
En le trouvant par tout, jamais ils ne le
    virent,
Et s'il cache à Memphis sa haine & ses pro-
    jets,
Pour nous impraticable, & non pour ses
    Sujets,
Il leur écrit, leur parle, en abusant sans
    cesse
De cette liberté que son Vainqueur lui laisse,
Croyez que ce Captif, au fond de sa prison
Où rien ne le contraint, qui vous voit sans
    soupçon,

En secret agité , tranquille en apparence ;
Vient sur votre ruine élever sa puissance,
Et qu'un sujet si fier , qui se croit outragé
Aujourd'hui dans les fers,demain sera vengé

Est-il rien plus singulier que ce Roy vaincu & prisonnier, que personne n'a jamais vû , pas même ceux qui l'ont pris ; impraticable à ceux qui le gardent , mais à qui ses Sujets parlent tant qu'ils veulent. Que diriez-vous de *ce Captif au fond de sa prison , où rien ne le contraint.*

Cette supposition d'une chose impossible produit l'effet ordinaire dans la Tragédie, de tout ce qui n'est pas vrai-semblable ; elle répand la froideur sur tout le reste de la piece, dont l'intérêt porte sur ce fondement ruineux.

Une lettre supposée par Zaraès,pour obliger le Roy à éloigner son armée donne lieu à la Scene suivante , Amenophis en est la dupe, il fait marcher ses troupes vers la Syrie, qu'il croit soulevée en faveur de Zaraès , mais soutenant toujours son caractere outré de philantropie, il avertit qu'il ne veut faire de mal à personne. Oh pour ce

Roy-là c'est un antimachiaveliste au
pied de la lettre.

. . . . Marchons vers la Syrie,
Qu'elle en soit effrayée, encor plus que
punie.
Sous ces premieres loix ce jour doit la ran-
ger ;
Allons donc la soumettre, & non la ravager.

Alzaïde vient demander la grace de
son mari ; Amenophis la plaint, la refuse, elle insiste : cette Scene est du même caractere que l'exposition, assauts de
maximes, de beaux sentimens & de
pensées brillantes, qui ne sont pas même toujours neuves par la tournure ;
témoin cette comparaison usée de la
clémence des Dieux & de celle des Rois,
qui revient jusques à cinq ou six fois
dans deux ou trois Scenes.

Enfin le Roy se rend aux instances
d'Alzaïde, il lui découvre ainsi le motif de sa générosité,

Mon cœur, quoique tremblant, vous dira
sans détour,
Que Zaraës ne doit ses jours qu'à mon
amour.

ce qui diminue un peu l'idée qu'on s'e

fait de son excessive humanité, unique vertu qu'on ait remarqué dans ce personnage.

SCENE V.

On vient l'avertir que le peuple excité par Menos contre Zaraès,

Assiege sa retraite & jure son trépas.

ACTE III.

Aussitôt le Roy vole à son secours, Alzaïde qui croit avoir vû périr son époux par les mains de la populace, raconte à sa Confidente cet événement, & se prépare à la fuite.

SCENE III.

Zaraès paroît, la détrompe, & par une suite du plan merveilleux de la piece, il se trouve qu'Iphis a été sacrifié à la fureur du peuple, à la place de Zaraès. Cet Iphis, quoiqu'annoncé avec affectation, & nommé presque à chaque Scene, n'a ici d'autre rôle que de se faire assommer dans une narration.

Voici, à proprement parler, où commence la Tragédie : Zaraès deve-

loppe son caractere , ce n'est qu'orgueil , férocité , noirceur , ingratitude ;
vanté comme un héros dans ce qui pré-
cede : aussitôt qu'il paroît ce n'est plus
qu'un furieux , un traître , & même un
assassin ; insensible aux bontés d'un
Roy , qui vouloit lui donner la vie , lui
rendre le trône , il forme une conspiration , qui ne tend pas moins qu'à ôter
l'un & l'autre à son bienfaicteur.

Je sçai bien qu'il faut des contras-
tes , celui d'Amenophis & de Zaraès
ne pouvoit être plus parfait ; mais
qu'en résulte-t-il ? c'est qu'on ne s'in-
téresse plus du tout à pas un des deux,
l'un est trop méchant , & l'autre est
trop bon.

Il n'est pas surprenant que Zaraès
enragé , comme on nous le dépeint ,
raisonne toujours faux ; Alzaïde a beau
lui représenter ce qu'Amenophis a voulu faire pour lui : Voici sa réponse digne de son délire.

> Qu'il aime ses Sujets , mais qu'il me traite en
> Roy ;
> Que me font des vertus qui ne sont pas pour
> moi.

Encore un beau principe & bien ap-
plicable à des circonstances modernes,
c'est celui-ci :

Si mon pere usurpa, je fus Roy légitime,
Mes Sujets m'ont élu, m'opprimer c'est un
crime.

On me répondra peut-être que l'Auteur a voulu inspirer une horreur tra-
gique par ce mélange hideux de folie
& de méchanceté, mais pourquoi nous
donner d'abord une si belle idée de son
héros, étoit-ce afin de nous surprendre
désagréablement ?

D'ailleurs, un caractere affreux réus-
sit quelquefois, par la terreur qu'excite un scélérat illustre, ou par l'admiration qu'il donne pour son habile-
té à conduire le crime dont il s'est fait
un art.

Tels sont le Richard trois de Sha-
kespeare, la Cléopatre de Corneille,
ou le Narcisse de Racine, mais tel n'est
point le Zaraès de M. Linant.

Rendons justice à ce Poëte, on ne
peut nier son talent pour les vers, s'il
lui en échape quelqu'un de foible &
de prosaïque ; sa versification en général

rale ne laiſſe pas d'être harmonieuſe &
ſoutenuë, ſur-tout dans cette Scene,
qui finit par un coup de Théâtre heureux & nouveau. Zaraès remet un
poignard entre les mains d'Alzaïde.
Vous en verrez l'uſage & l'incident
bien amenés qu'il produit dans ce
beau morceau.

ZARAES.

. . . . . Par le ſort je puis être opprimé ;
C'eſt le moindre des maux dont je ſois allar-
      mé :
J'en redoute un plus grand, mon ame inti-
      midée
Ne peut, ſans friſſonner, en ſoutenir l'idée :
C'eſt de penſer qu'ici Zaraès outragé
Peut mourir à vos yeux, & n'être point ven-
      gé.
Sûr de votre courage & de votre prudence,
Depoſant en vos mains ma derniere eſpe-
      rance,
J'attends de vous, Madame, un ſervice im-
      portant,
Et vous ne devez pas balancer un inſtant :
Gardez ce fer, prenez, c'eſt moi qui vous
      l'ordonne ;
Peut-être Amenophis m'abattra ſous ſes
      coups,
Et ſous lui vous verrez expirer votre époux,
Que du trépas du Roy ma perte ſoit ſuivie ,
Après que dans ces lieux j'aurai perdu la vie.

B

On verra tous mes Chefs ou morts, ou diſſi-
pez,
Vivez, reſtez ici, n'héſitez pas, frappez.
Sur-tout en ce moment faite qu'il ſe ſou-
vienne,
En lui donnant la mort, qu'il ordonna le
mienne.

SCENE IV.

ALZAIDE, *ſeule le poignard à la
main.*

Quel trouble me ſaiſit . . . je friſſonne d'horreur !
O jour infortuné ! . . . trop injuſte fureur ;
J'immolerois . . . qui . . . Dieux . . . ah ma
flamme infidelle,
Devient à mes efforts plus que jamais rebelle ;
Je lui réſiſte en vain. Tous mes ſens ſont
émus.
Je ſuccombe à mes maux . . . je ne me connois plus.

SCENE V.

ALZAIDE, AMENOPHIS,
PHERES, NISUS.
Suite.

AMENOPHIS.

J'ai vengé Zaraès, & mon cœur trop ſenſible ;
Ne peut plus . . . . mais ô Ciel ! en quel état
terrible . . . .

ALZAIDE, *fans voir le Roy.*

Que fais-je ? mon devoir m'ordonne fon trépas ....

Mon cher Amenophis.... Non tu ne mour-
ras pas.

AMENOPHIS, *à part.*

Que dit-elle ?

ALZAIDE, *fans voir encore le Roy.*

Avec toi j'eufle été trop heureufe.

Tu périrois !....

AMENOPHIS, *s'approchant d'elle.*

Calmez cette douleur affreufe.

ALZAIDE, *appercevant le Roy, &*
laiffant tomber le poignard.

Dieux ! que vois-je ?

AMENOPHIS.

Arrêtez ....

ALZAIDE.

.... Dans le trouble où je fuis,
Le repentir, la fuite eft tout ce que je puis.

Amenophis fait fes réfléxions fur
cette avanture, & par le confeil de
Nifus, lui qui, fur la foi d'une Lettre fuppofée, avoit fait partir fon Armée, la fait revenir à préfent fans

autre fujet apparent que le poignard
qu'il avoit vû dans la main d'une femme. Pour l'Auteur, il ne peut fe dif-
penfer de rappeller les Troupes, il
en aura bien-tôt befoin pour la ca-
taftrophe.

A C T E I V.

Zaraès toujours pris eft arrêté pour
Iphis; le Roy l'interroge; le faux
Iphis foûtient, fous ce nom; la fierté
de Zaraès.

> . . . . . Que ne puis-je moi-même
> Repeter les difcours, qu'en fon malheur
>   extrême,
> Ce Rôy vous adreffoit du fond de fa pri-
>   fon,
> Moins furpris de l'arrêt, qu'indigné du
>   pardon:
> Eh quoi! vous difoit-il, tu me rends
>   une vie,
> Par ce dernier outrage à jamais avilie?
> Eft-ce aux Rois qu'on pardonne? Il falloit
>   m'immoler,
> Et tu m'aurois fait grace, en ofant m'ac-
>   cabler.

Ces derniers vers font beaux; en
voici qui ne le font pas moins, &
qui ont l'avantage de renfermer un
fens plus raifonnable.

AMENOPHIS.

De ton erreur, Iphis, que je te defabufe ;
Quoiqu'injufte envers moi , ton zéle eft
  ton excufe ;
Tout condamne ton Prince & parle en ta
  faveur ,
Il eut donc un ami , jufqu'au fein du malheur ?
J'aime à voir un Sujet , dût-il m'être rebelle ,
A fon Roy , qui n'eft plus , refter encor
  fidele.

La Scene fuivante eft celle de toute
la Piéce où il y a plus d'action : Le Roy
perfifte à vouloir être éclairci fur le
complot que le poignard lui a donné
lieu de foupçonner. La fituation des
deux Epoux eft admirable. Alzaide en-
traînée par le devoir eft forcée de tromper , de quitter un Amant qu'elle aime.
Zaraès , toujours fous le nom d'Iphis ,
contient avec peine fa fureur , bien
ou mal fondée , que la découverte
qu'il fait de l'amour du Roy pour
Alzaïde , vient encore allumer.

Ils demandent au Roi leur congé
pour retourner en Arabie , il l'accorde ,
Zaraès fort.

B iij

SCENE V. & VI.

Resté seul avec Alzaide, le Roy continue à se plaindre. Son rôle en général est de sentir & d'exciter la compassion. Ceci est vraiment patétique.

Je vous aime , & pour moi vous devenez
barbare :
Ah ! quel destin cruel sans cesse nous sépare ,
Zaraès ne vit plus , foible rayon d'espoir ,
Qui disparoit si-tôt que je puis l'entrevoir .
Votre fureur l'éteint , me poursuit & m'accable ;
Eh bien , terminez donc un fort si déplorable ;
Après tant de tourmens arrachez-moi le
jour ,
Et déchirez un cœur que brûle tant d'amour.
Oui frappez . . . mais je vois renaître vos
allarmes ,
Malgré tous vos efforts , je vois couler vos
larmes ,
Hélas ! vous fremissez, vos timides regards ,
En évitant les miens , errent de toutes parts ,
Que craignez-vous encor ; à quoi dois-je
m'attendre.

On vient l'interrompre & lui annoncer que la conspiration éclate , il va combattre Zaraès qu'il prend encore pour pour Iphis.

ACTE V.

La Reine après un Monologue, s'entretient avec sa confidente du combat, qui se donne & des soupçons de Zaraès sur l'amour du Roi.

Il frémit à mon nom! ô disgrace imprevuë!
Ma honte à Zaraès est sans doute connuë,
Des plus vives douleurs mon cœur est
    pénétré
Zaraès que l'amour n'a jamais inspiré.
Eprouve donc par moi les effets de sa rage,
Il le connoît enfin, & c'est par un outrage.
Qu'ai-je fait faudra-t-il recevoir d'un
    époux :
Terrible avec mépris, & sans amour jaloux,
Des reproches cruels, plus accablans
    peut-être
Que toutes les fureurs que l'amour eût fait
    naître.

SCENES III. & IV.

Amenophis revient vainqueur grace au retour de son armée qui est arrivée à point nommé, il fait lui-même le récit du combat. Zaraès paroît expirant il se déclare ainsi au Roy.

Il n'est plus tems de feindre
Connois tout ton bonheur, tu n'as plus
    rien à craindre,
Vois Zaraès mourant !

B iiij

AMENOPHIS.

Zaraès ?

ZARAES.

Oüi c'est moy !

Je n'ai pû me venger. Je puis mourir en
    Roy.

Ah ! s'il est quelque trait dont ma gloire gé-
    misse,

C'est d'avoir, pour te perdre, employé
    l'artifice,

Réduit à te tromper je voulois t'en punir,

Ta perte étoit certaine, on m'a sçû pré-
    venir.

Si l'on ne m'eut trahi tu cesserois de vivre.

A Alzaïde.

C'est vous dont la fureur à mes Titans me
    livre

Madame, oui de ce fer échappé de vos
    mains,

L'évenement funeste à rompu mes desseins.

ALZAIDE.

Dieux !

ZARAES.

Du péril du Roy par ce coup prévenuës

Ses troupes qui partoient à l'instant reve-
    nuës

Accablent mes Guerriers & nous immolent
    tous ;

Par vous ils sont vaincus. & j'expire par
    vous :

Votre cœur en frémit. Il ne faut pas qu'il
    craigne,

Qu'en ce moment le mien avec fureur se
    plaigne

E

De la source des maux qui causent mon tré-
    pas ,
Ce foible châtiment ne vous suffiroit pas ,
Je vous connois assez pour vous rendre
    justice ,
Je mourrai devant vous : voilà votre su-
    plice ,

ALZAIDE.

Quoiqu'il soit effroyable , un plus cruel
    m'est dû ,
Tu connois mes forfaits ; connois donc ma
    vertu.

AMENOPHIS.

Quel coup affreux ! ô Ciel.

ZARAÈS.

                    Moi-même je l'adraire !
Elle meurt à tes yeux ! je suis vengé ,
    j'expire.

Vous voyez qu'Alzaïde s'est fait son
procès avec trop de rigueur. C'est un
caractére au-dessus de l'humanité. Lu-
créce n'eût été auprès d'elle qu'une
franche Coquette , les reproches
injustes d'un mari mourant , qu'elle
n'a jamais aimé , la frappent si fort ,
qu'elle ne veut pas gouter un instant
le plaisir d'être veuve , sans qu'il y
ait de sa faute ; car après tout quelle
autre femme , même sans amour ,
n'eût pas été effrayée d'un assassinat

R v

aussi atroce qu'extravaguant, & quelle loi même chez les Arabes, oblige une épouse à servir d'instrument aux crimes d'un époux.

Ainsi la mort d'Alzaïde même touche médiocrement, parce qu'il est trop évident qu'elle n'a pas dû se tuer ; le repentir d'un forfait qu'elle n'a pas commis, n'est pas un motif suffisant, & sa pruderie sanguinaire n'a pu mériter de nos Dames les plus vertueuses qu'une admiration stérile.

On voit périr Zaraès sans regret pour Amenophis, on ne sçait ce qu'il devient, quel dommage que de son tems, il n'y eût pas en Egypte quelques couvents de Capucins. On ne seroit pas embarassé de son sort à la catastrophe. J'ai l'honneur, &c.

III. LETTRE.

LYCORIS

OU

LA COURTISANNE GRECQUE,

En deux volumes.

VOus fçaurez, Monfieur, que depuis longtems nos beaux efprits,
font en poffeffion de nous donner de
petits Romans de leur façon pour des
ouvrages fort anciens que le hazard a
fait découvrir & que ces Meffieurs
ont pris la peine de traduire du Grec,
quelquefois même d'une langue qui
n'a jamais exifté.

Cette efpéce de fuppofition Littéraire eft aujourd'hui fi connuë qu'on
n'en fait plus d'ufage férieux. On
l'employe dans une préface, non pas
pour tromper le Lecteur, mais pour
le divertir par la Parodie de tant de
Recherches, & d'Anecdotes pedan-
tefques, dont les Editeurs, Traduc-
teurs & Commentateurs, renforcent

l'ennui de leur discours prélimi-
naires.

L'Auteur de *Lycoris* s'en est tenu à
l'ancien usage, il nous annonce gra-
vement sa brochure, comme une Anecdote Grecque, dont il vient d'enrichir
notre langue ; s'il cache là-dessous
quelque fine allusion, je vous avoue
que je ne l'ai pas devinée : peut-être
est-ce ma faute.

L'Histoire du *Lycoris* est pour le
fond, celle de toutes les Courtisannes
anciennes & modernes, première inclination, infidélités d'abord involon-
taires & peu lucratives, ensuite utiles
ou agréables, alternative continuelle
de tendresse, d'intérêt, de bonne foi,
de tromperie, de plaisirs, de con-
trainte, de fortune & de revers. Tout
cela est écrit d'un stile qui m'a paru
correct, assez élégant, un peu diffus,
quelquefois monotone, avec moins
de force que de douceur.

Les incidents de ce Roman, presque tous merveilleux, vantent trop
les fables Grecques dont on a voulu
attraper l'air. Un sacrifice barbare de
eunes filles, interrompu par un treme

blement de terre, & des volcans qui s'ouvrent de tous côtés, un Dauphin qui vient chercher *Lycoris* fur le rivage & qui la porte à un Vaiſſeau (ſans qu'on voye trop pourquoi) des Pirates, des tempêtes, des danſes de Driades & de Satires, des fêtes de Divinités : tous ces ornemens ne ſont plus de ſaiſon. Un reſpect bien fondé pour les originaux Grecs, a conſacré leurs fictions & les cérémonies de leur tems; mais l'imitation en eſt vicieuſe, ſurtout dans un Roman qu'on ne s'attend pas à voir hériſſé de citations de *Pauſanias* & *d'A-thenée*.

Ce goût du fabuleux & des ſitua-tions bizares, produites par des évé-nemens chimériques, n'eſt pas rajeuni depuis le ſiécle de *Petrone*; dès-lors il étoit proſcrit par les Connoiſſeurs tels que lui. C'eſt fur cela qu'il tourne en ridicule les Déclamateurs de ſon tems

Notre Auteur a été plus heureux dans la peinture des mœurs modernes. Nos arts, nos plaiſirs, notre littéra-ture, nos gens à talens, ſont ingénieument répréfentés en quelques endroits.

Je n'adopte pas cependant toutes les critiques de l'Auteur, ni toutes fes maximes ; mais au milieu des images voluptuetifes, dont il a chargé fa narration, on ne peut qu'approuver beaucoup de réfléxions puifées dans la vraye morale, dont le fondement eft l'humanité.

ESSAI DE LA RHETORIQUE FRANÇOISE,

A l'ufage des jeunes Demoifelles, avec des Exemples &c.

A Paris chez Nyon le fils &c.

LA Rhetorique Françoife, à l'ufage du beau Sexe n'eft pas un ouvrage de génie. L'imagination de l'Auteur n'entre pour rien dans le fonds & pour peu de chofe dans la forme.

Ce n'eft pas cependant M' une raifon de méprifer cette Compilation. Quelque facile qu'elle ait dû être par

l'ordre établi des regles & par l'abon-
dance des exemples (tous pris dans
notre langue ou dans les traductions
des autres) on n'en doit pas moins
estimer le discernement dans le choix,
& l'art de la texture.

D'ailleurs la variété de tous ces
lambeaux de nos meilleurs écrivains
ne peut qu'amuser les jeunes personnes, & les délasser de la secheresse
des préceptes. Puissent ces grands modeles inspirer à l'aimable moitié de
notre nation, le goût des beaux arts.
Quel bonheur de les voir embellies
par ses graces ! bientôt l'ignorance
perdroit le seul avantage dont elle se
pare. Le bon ton, le ten des femmes
ne seroit plus celui d'une fade frivolité.
L'expression des passions en seroit plus
noble & plus pathetique, les plaisirs
plus délicats, les goûts plus durables.

Enfin l'utilité de cette Rhetorique
se fait assez sentir : je suis fâché seule-
lement que l'Auteur se soit trompé en
quelques endroits sur le genre de ses
exemples. Je n'en citerai qu'un de ces
sortes de meprises. Cette Epitaphe si
connuë de *la Fontaine* par lui-même.

*Jean s'en alla comme il étoit
venu , &c.*

Est assignée au stile burlesque ; c'est
avilir l'ouvrage & le Poëte. Rien n'est
plus marotique , si même on ne peut
pas dire que *la Fontaine* a créé un
genre particulier qui ne ressembloit à
rien & auquel par malheur rien ne
ressemble encore.

HISTOIRE DES TROIS FILS

D'HALIE BASSA ,

*Et des trois Filles de Siroco , Gou-
verneur d'Alexandrie. Traduite du
Turc.* A Leyde 1746.

VOici , Monsieur , dequoi satisfaire le goût puéril des gens qui
n'aiment que le merveilleux.

Trois fils d'Halie Bassa , pourvû de
Talismans inestimables , & qui , pour
des fautes légéres tombent dans des

infortunes, dont la moins bizare est
de devenir marmitte ; trois filles
de Siroco, dont deux en troquant
leurs anneaux conftellés en montres,
fans perdre, ni la connoiffance, ni la
faculté de courir trois Juifs jumeaux,
unis par une fi forte fimpathie, qu'on
ne peut chagriner, divertir, battre
ou bleffer l'un fans que les deux autres n'éprouvent la même chofe ; une
belle Juive qui trouve réponfe & re-
mede à tout dans un certain livre de
M. Moifes. Enfin des têtes coupées &
remifes à leurs places fans qu'il y pa-
roiffe : tout cela peut bien faire lire
un conte avec empreffement par un
écolier ou une jeune penfionnaire ;
mais pour amufer un lecteur raifonnable, il faudroit avoir caché, fous
ce tiffu abfurde, une allégorie nouvelle, foutenue d'une morale fine &
gaye, de quelques traits d'ingénieu-
fes fatyres.

Notre Conteur n'a pû ou n'a voulu embaraffer de tout cela fon imagination, il lui a mis tout bonne-
ment la bride fur le col. On ne peut
nier qu'elle n'ait été bien vite & bien

loin. Il seroit à souhaitter seulement qu'elle eût eu'un but, & qu'il en restât aux Lecteurs, qui ont pris la peine de la suivre, quelque chose de plus que la fatigue du voyage.

En effet, quel homme assez désœuvré, quelle femme-même auroit entrepris de lire cent douze bonnes pages de pareilles avantures, si l'Auteur avoit eu la bonne foi d'avertir d'abord qu'il n'y entendoit point de finesse, ou du moins qu'en lisant son Livre on ne s'en douteroit jamais.

Pour moi je m'attendois que des montres intelligentes & ambulantes, après avoir passé par les mains de plusieurs acheteurs, auroient pû nous apprendre bien des petites anecdotes qui n'auroient pas été cachées pour elle; car le moyen de se défier de sa montre & de la regarder comme un espion? Il est vrai qu'elle retournoit tous les soirs coucher chez le Marchand (à ce que dit le Conte) mais la journée est assez longue : on n'a que trop de tems pour faire des sotises & pour montrer des ridicules, elles en auroient eu assez pour les observer.

Il n'est pas possible que ces montres animées n'eussent été portées quelquefois le matin sur la toilette d'une jolie femme, ou pendues par des mains galantes & libérales au chevet de quelque Danseuse Circassienne (puisque l'Auteur en introduit dans sa narration) vendues, tantôt à des Cadis, tantôt à des Imans : quelles découvertes ne devoient-elles pas avoir faites, & sur la corruption des uns, & sur l'hypocrisie des autres ; il me semble que cette fiction bien maniée pouvoit être féconde en portraits & en réflexions.

Notre soi-disant Turc ne s'est point amusé à en tirer parti, on croiroit qu'il n'auroit eu pour objet que d'entasser, au hazard, des idées chimériques & des faits incroyables ; heureusement il n'y a point de Conte qui ne finisse, & par un mariage ordinairement. L'Auteur de celui-ci en fait six pour la conclusion, dont les principaux sont ceux des trois fils du Bassa avec les filles de Siroco.

J'approuve assez la précaution qu'il prend de leur faire boire, à tous avant le mariage , d'un élixir miraculeux d'amour *parfait*, je doute cependant que ce soit un préservatif assez fort contre le pouvoir de l'hymen.

Mais de tous les défauts de ce Conte, aucun n'est si choquant que l'ignorance la négligence du *Costumé* dans les peintures que l'Auteur fait de la vie particuliere des Turcs. Tantôt c'est un pere qui mene le premier venu manger avec sa fille ; tantôt des Marchands Juifs qu'on laisse avec de jeunes personnes, sous prétexte de voir des bijoux ; enfin des hommes, des femmes pêle-mêle , dans un jardin à prendre le frais , jusqu'après minuit.

Je vous avoue, Monsieur, que je n'ai jamais pû m'accoutumer à ces sortes d'incongruitez si fréquentes dans nos Romans modernes : on passe les métamorphoses les plus ridicules, les personnes devenues invisibles , les Héros invulnérables , les chars volants , les palais *impromptu*, enfin le merveilleux de toute espece , le système de la magie ou de la féerie supposée, tout devient possible , il suffit qu'on se soit arrangé là-dessus, c'est pour les Con-

teurs, ce que font les qualités occul-
tes pour les Scholaſtiques, les tourbil-
lons ou l'attraction pour les Philoſo-
phes Modernes.

Il n'en eſt pas de même dès qu'il
s'agit des mœurs, des coutumes, & de
la façon de vivre d'un peuple connu.
Alors tout doit rentrer dans l'ordre du
vrai, du naturel & du vrai-ſemblable,
parce qu'on n'eſt pas convenu du contraire avec le Lecteur, & qu'il ne con-
ſent à ſouffrir le faux qu'en faveur du
pathétique ou du merveilleux.

Un Auteur de Conte n'en ſera pas
plus gêné en laiſſant aux Turcs leurs
uſages & leur jalouſie. Ses Taliſmans,
ſes livres de magie & ſes ſecrets caba-
liſtiques, le mettront en état d'aller &
de venir en liberté dans toutes les
chambres du Sérail le plus rigide, d'y
reſter ſans être vû, & d'en ſortir, s'il
le faut, par le trou d'une ſerrure.

Je ſens bien qu'on n'a pas les mêmes
facilités dans un Roman dont les éve-
nemens ſont aſſujettis aux loix de la
nature, mais ce n'eſt pas une raiſon
pour s'écarter de la vrai-ſemblance,
en faiſant enlever la Sultane favorite

dans un panier qu'on defcend jufques dans la mer, en fuppofant qu'un Turc donne fa Sœur en mariage à un Efcla-ve, pour l'emmener dans fon pays & la faire Chrétienne, ou qu'un Bacha ait la complaifance de prier un François à fouper avec fes Concubines.

Cependant le premier & le plus fa-meux de nos Romanciers (du moins dans le genre férieux) eft tombé dans tous ces inconveniens, il en imitoit en cela de fort inférieurs, & il n'a été que trop imité par d'autres encore plus fubalternes. Heureux s'ils rache-toient, comme lui, tous les défauts de leurs peintures, par la hardieffe du pinceau & le pathétique de l'expref-fion,& s'ils n'étoient autant au-deffous de leurs genres, qu'il eft au-deffus du fien.

LETTRE D'UN AVOCAT DE ROUEN, &c.

Au sujet de feu l'Abbé Desfontaines.

L'Abbé Desfontaines fleau de tant d'Auteurs. Pendant sa vie n'a pû être oublié sitôt après sa mort, la réputation qu'il s'étoit faite dans la Republique des Lettres est trop équivoque & trop contestée pour ne pas fournir des sujets d'écrire à ces Messieurs qui n'ont besoin que du plus léger prétexte pour mettre la main à la plume. On nous menace déjà de son testament litteraire, il pouroit être écrit de maniére qu'on y repudieroit la Succession.

En attendant on vient de nous donner une lettre dont je n'ai pas compris le but. On commence d'abord par déprimer l'erudition de ce fameux critique, on nous fait ensuite une liste assez séche de ses ouvrages qui ne nous apprend rien que ce que tout le monde sçait, & l'Histoire des Ob-

fervations tout auffi peu curieufes.
Bayle eft traité en paffant avec affez
de mépris. On dit *qu'il étoit il y a*
vingt ans l'Oracle de la Literature,
parce qu'on n'examinoit rien après lui.

Je ne fçais pas quel autre oracle
peut avoir fait taire celui-là, à moins
que ce ne foit M. l'Avocat de Rouen.
Quelques vilaines anecdotes au fujet
du ridicule différend de l'Abbé des
Fontaines, avec l'Abbé Gourné ter-
minent cette lettre d'une façon qui
n'a rien d'agréable ni d'intéreffant.

ANGOLA,

HISTOIRE INDIENNE, OUVRAGE SANS VRAISEMBLANCE.

A Arga , avec Privilége du Grand Mogol , 1746.

En deux volumes.

JE doute, Monfieur, fi l'on doit fçavoir plus de gré aux inventeurs de certains genres pour les chef-d'œuvres qu'ils nous ont donnés, qu'on ne peut leur vouloir de mal, pour avoir entraîné fur leurs pas une foule d'imitateurs , la plupart auffi gauches que l'âne de la Fable.

L'ingénieux & charmant Auteur de Tanzaï , eft plus expofé que perfonne à ce reproche du Public. Le jufte fuccès de tout ce qui eft forti de fa plume nous a inondé d'une infinité de copies croquées par des apprentifs, où l'on ne retrouve jamais la *maniere* de l'Original, fi vous en exceptez les morceaux entiers de leur modele, que

Tome I.   C

ces MM. ont quelquefois la prudence de nous donner.

Angola, Histoire Indienne, mérite
d'être distinguée à certains égards des
humbles productions de ce peuple fer-
vile : on ne peut affecter davantage
l'imitation, mais (il faut l'avouer)
l'Auteur a furpaffé de beaucoup tous
ceux qui l'ont précédé dans cette forte
de travail.

Une efpece d'avant-propos où il introduit un homme à la mode avec une
petite maîtreffe, prêts à lire fon livre, donne d'abord une idée favorable
de tout l'ouvrage. Le jargon connu
fous le titre de Bon ton, y eft agréa-
blement parodié ; les ridicules brillans des deux fexes y font adroite-
ment faifis, & l'Epitre qui fuit aux
petites maîtreffes, eft le tableau vo-
luptueux d'une toilette interrompue
par les plaifirs d'un tête-à-tête.

Erzebkan, Roy d'une contrée des
Indes, époufe une parente de la Fée
Lumineufe, la Reine étant prête d'ac-
coucher, plufieurs Fées fe rendent à
la Cour pour douer l'enfant. Lumineufe arrive des premieres. L'Auteur

qui déclame plus bas contre les deſ-
criptions de Palais & de jardins, ſe
plaît ici à décrire une diligence juſqu'à la doublure ; (le mémoire du
ſellier ne ſeroit pas plus exact) les
gens, les chevaux, les harnois, tout
eſt détaillé, même le poſtillon, on ne
perd rien non plus de l'ajuſtement de
la Fée.

Je ne ſçai pourquoi préférer la deſcription d'un equipage ou d'un habit
à celle d'un édifice. Eſt-ce pour cen-
ſurer le luxe de la mode ? Je ne vois
pas que ce ſoit plus un ſujet de critique, que la magnificence d'un veſ-
tibule, ou d'un parterre ; la différence
que l'uſage ou le goût peuvent mettre
dans ces ſortes de choſes, eſt un objet
en ſoi fort indifférent ; il eſt très-per-
mis, & même à des perſonnes riches
d'y chercher la délicateſſe & la galanterie. La fortune eſt l'objet de la vé-
nération publique, on ne réuſſit guere à la tourner en ridicule, depuis que
les Auteurs font la ſatyre des caroſ-
ſes. Ils n'ont encore rien perſuadé, ſi
ce n'eſt qu'ils n'en avoient point.

Revenons à notre ſujet. La Fée

mutine se trouve auſſi aux couches de la Reine, mais croyant avoir reçu dans une Fête un ſujet de mécontentement, elle ſe vange ſur le Prince nouveau né, que les autres Fées avoient comblé de tous les dons les plus flateurs, & le touchant de ſa baguette, *Tu aimeras*, lui dit-elle, *& ce qui fait le bonheur des autres, ſera tes plus cruels tourmens, les chagrins les plus cuiſans te dévoreront ; tu verras l'objet de ton amour paſſer dans les bras d'un autre ; tu ſeras forcé d'y conſentir ; les doutes les plus affreux te déchireront, & j'eſpere qu'une certitude plus cruelle encore, achevera ma vengeance.*

Lumineuſe s'attache à prévenir, ou du moins à adoucir cette fatale deſtinée du Prince. Le plus ſûr moyen, c'étoit d'empêcher qu'il ne prît des attachemens trop vifs, les ſeuls qui ſoient ſuſceptibles de la jalouſie, qui devoient le tourmenter. Elle ſe propoſe de le tenir dans une diſſipation continuelle, par une variété infinie de plaiſirs, auſſi rapides que faciles,

Rien n'étoit plus propre aux deſ-

seins de la Fée, que le caractère brillant & superficiel de ceux qui compo-
soient sa Cour. Pour en faire prendre
l'esprit & le goût au jeune Angola
(c'est le nom du Prince) elle l'y transporte dès l'âge de quinze ans, & se
charge du reste de son éducation.

Celle qu'il avoit reçue jusqu'alors
est décrite avec agrément, quoique
avec négligence, quelquefois avec
des expressions dont il seroit difficile
de trouver le sens : comme par exemple, *une tournure de mot pure & na-
turelle*, (on connoît bien la tournure d'une pensée ou d'une phrase, mais
pour celle d'un mot on ne la connoît
pas). Les portraits de deux maîtres,
l'un à danser, l'autre à chanter, pa-
roissent faits d'après nature, & repré-
sentent plaisamment l'impertinence
tolérée des gens de cette espèce.

L'arrivée d'Angola à la Cour de
Lumineuse, donne lieu à une peinture de cette Cour, & des sentimens
que sa parente y fit naître. Ils sont
tous assez naturels, surtout ceux des
Dames, à l'aspect d'un jeune Prince,
aussi beau que novice, on auroit pû

les exprimer avec plus de délicatesse : *Il n'y en eut pas une d'entr'elles, dit notre Auteur, qui ne désirât vivement d'avoir les premiers fruits d'une si belle plante.*

Bientôt le Prince fait, presque sans le vouloir, des conquêtes rapides. Les regles de la bienséance n'y sont pas des mieux observées, à moins qu'on ne suppose que la qualité de Prince expose toujours aux avances les moins ménagées.

Les femmes de la Cour en général, sont peintes dans ce Conte, avec des traits plus forts que fins, le pinceau paroît dur, & souvent peu fidéle. L'idée qu'on nous y donne de leurs amusemens n'est ni noble ni vrai-semblable, vous en jugerez par le jeu de Cour de Lumineuse . . . . . *On fut emporté dans la perte, insolent dans le gain. Les jeunes gens qui ne jouent pas, couchés, plutôt qu'adossés, sur le fauteüil des Dames, leur contoient à l'oreille cent fornettes, voyoient le jeu de leurs voisins, les conseilloient ensuite, marmotoient quelques couplets gail-*

lards ; pour lors on leur donnoit
quelques coups d'éventails pour la
forme ; enfin tout étoit dans les re-
gles. Vous trouvez fans doute qu'une
telle affemblée a plus l'air d'un tri-
pot, que de la partie d'une Reine.

Peu de jours après le Prince eft conduit à l'Opera par Almaïr, jeune Sei-
gneur, qui veut le mettre au fait de
tout, il fait un tour fur le théâtre ;
on ne peut mettre plus de vérité dans
un tableau, que l'Auteur n'en a mis
dans celui des couliffes, du moins s'il
faut en croire les Voyageurs, qui re-
venus de ce Pays, après de longues
& rudes épreuves, fe plaifent à nous
raconter leurs erreurs & leurs nau-
frages : » Plus on a connu, difent-
» ils, l'Opera de la Capitale, où re-
» gnoit la Fée Lumineufe, plus on
» eft frappé de la reffemblance. Les
» Habitans de ces lieux (un fort
» petit nombre excepté) font ap-
» préciés au plus jufte par cet écri-
» vain. La defcription qu'il fait de
» leur manége, pour attirer les Etran-
» gers opulens, devroit être affichée
» aux hôtels garnis, où les Barons &
C iiij

» les Milords ont accoutumé de deſ-
» cendre ».

Je ne doute pas que l'Auteur n'ait
eu auſſi de tout cela des relations
exactes. Quoiqu'on trouve ici quelques termes qui ſe ſentent de la con-
tagion du ſujet, tels que ceux *de*
Plaſtron & de *Sirennes - Plaſtrées*,
qui n'auroient jamais échappé à l'é-
crivain du Sopha ; je ſuis fâché que
le nôtre, gêné par ſon plan, n'ait pû
s'étendre davantage ſur l'Opera de la
Fée, il l'auroit enrichi de portraits
curieux & plaiſans.

Là, nous aurions vû ces Phrines ſu-
rannées, Oracles de leurs compagnes
& d'autres gens bien dignes de les
admirer, conſommées par une longue
expérience dans l'art de la galanterie
pécuniaire, qui ſe ſoutenoient encore
par les récits libertins de leurs avantures paſſées & par l'utilité des con-
ſeils, ou des exemples qu'elles avoient
en main.

Il nous auroit conté comment elles
avoient uſurpé une réputation d'eſ-
prit à la faveur de tous les bons,
mots qu'on leur attribuoit, enfans

de la malignité que leurs peres n'a-
voient ofé ou voulu reconnoître. Les
uns, comme bien des Auteurs, pour
éviter les fuites d'un éclairciffement,
les autres pour avoir le plaifir de les
redire fans fadeur ; les mettoient fous
les noms connus de ces invalides de
Cythere.

C'eft ainfi qu'à Rome la Statue
mutilée de Pafquin, fert d'affiche aux
traits de fatyre, comparaifon d'autant
plus jufte, qu'à travers le rouge & le
blanc de ces Nymphes honoraires, il
perçoit toujours un air de mazure &
d'antiquité.

Vous auriez ri de l'artifice de ces
beautés en racourci, qui, cinq ou fix
fois meres, tiroient encore parti de
leur taille & de leur fauffet, pour fe
donner le ton & le maintien de qua-
torze ans, mais vous auriez fans doute
approuvé la vengeance de ces doüai-
rieres du théâtre, qui abandonnées du
public travailloient à ruiner fes plaifirs, en partageant les forces d'un jeune
danfeur ou d'une robufte baffe-taille...
Finiffons cette digreffion, & fortons
des couliffes, pour paffer dans la falle

C v

où le Romancier nous transporte avec son Héros.

Il profite de cette occasion pour donner à quelques Sujets de l'Opera des éloges qu'on auroit tort de leur envier. Ils font précédés d'un panégyrique du Muficien, Auteur d'H... & A... Il facrifie à la réputation de cet Orphée moderne, celle de tous les anciens. *Des Partifans de la mufique antique, plus radoteurs que respectables, les plus raifonnables fe rendent, & on renvoye les plus entêtés fe défennuyer avec les ponts neufs du fiécle paffé.*

Cette décifion cavaliere ne pouvoit arriver plus à propos. Armide goûtée à la Cour, fuivie à la Ville par une foule de *radoteurs & d'entêtés,* prouvent affez le befoin qu'avoit le Public, d'être redreffé fur fes goûts *antiques,* & fur fa fantaifie de croire *fe défennuyer avec les ponts neufs du fiecle paffé.*

Angola promené dans les balcons & les loges, arrive enfin dans celle de Zobeïde fa premiere conquête : fervi fur les deux toits par Almaïr,

Il la ramene dans ſon vis-à-vis; mais
il profite peu des commodités de cette
voiture , joliment détaillées par notre Auteur, de même que le ſoupé &
le tête-à-tête, dont le Prince ne profite pas mieux.

Ce n'eſt aſſurément pas la faute de
Zobeïde. Cette femme annoncée à
ſa premiere inclination, paroît plus
aguerrie qu'on ne l'eſt ordinairement
après cent avantures; ſes regards , ſes
diſcours ne ſont pas moins ſignifica-
tifs que ſon attitude.

Elle débute par ſe coucher ſur un lit
de repos , ſans y faire plus de façons
que la *Circé* de Petrone. Si Angola
n'éprouve pas le même accident que
Prolyenos , il n'en eſt guere plus heureux. Jamais timidité ne fut ſi obſti-
née. Tout eſt pour lui en pure perte,
juſqu'à un évânoüiſſement , eſpece de
langage très - intelligible aujourd'hui
pour les écoliers-mêmes.

Ce malheur eſt bientôt réparé par
une victoire complette que le Prince
remporte ſur ſa timidité. Il eſt vrai
qu'on ne peut être plus obligeament
ſecouru qu'il l'eſt par *Lumineuſe* ,

C vj

Héroïne de cette seconde avanture.

Cette bonne Fée, sensible aux graces neuves de son pupile, entreprend de perfectionner tout d'un coup son éducation. Tout uniment elle souhaite le bon soir à la compagnie, & mene Angola dans ses petits appartemens.

La beauté de la Fée, sa jeunesse éternelle, font bientôt oublier au Prince (du moins pour le moment) son goût pour Zobeïde. Retenu cependant par un reste de sa mauvaise honte, il fait répeter vingt fois la même chose. Lumineuse prend son parti, elle se déshabille & se met au lit devant lui. Ensuite, sous prétexte de lire une Histoire galante, elle le fait venir dans sa ruelle ; il tombe en lisant sur une jouissance ; l'exemple l'instruit, la Fée l'encourage ; enfin il arrive.

Devenu grand garçon, il apprend à pousser plus hardiment sa pointe. Cette bonne fortune est suivie de deux autres, l'une avec Zobeïde, qu'il dédommage avec usure, dans un soupé *chez le Suisse*. L'autre avec

Aménis dans une voiture, en reve-
nant de la Comédie. La différence
des scènes du plaisir est presque la
seule chose qu'on y remarque.

Si vous me demandez mon sati-
ment sur tout cela, je vous répondrai
que j'excuse beaucoup cette monoto-
nie de narration. Ce qu'on appelle
jouiſſances est renfermé dans un cer-
cle étroit d'idées & de mots. On a
beau gazer & périphraser, le diction-
naire n'en est pas plus étendu que celui des paroles d'un Opera, il faut
toujours en revenir aux mêmes cir-
conlocutions, &, si l'inimitable Auteur dont nous avons déja parlé est
parvenu à y répandre une certaine
variété, c'est précisément parce qu'il
y a réuſſi, que les imitateurs ne peuvent se flatter du même succès. Traiter après lui des sujets tous semblables, ce n'est pas cueillir, c'est gla-
ner.

Cependant l'uniformité des images
& des expreſſions, n'empêchent pas
que ce genre ne soit goûté, du moins
par les sens, si l'esprit s'y refuse. Toute jouiſſance, bien ou mal écrite, bien

imaginée ou pillée, délicate ou grof-
fiere, excite (plus ou moins) des
fenfations agréables dans ceux qui
n'ont pas aſſez de morale pour éviter ces fortes de lectures ; la raiſon
en eſt, je croi, phyſique. Le ſujet
plaît indépendamment de la façon
de le traiter . . . . & l'imagination du
Lecteur, autant que celle de l'Auteur,
lui prête de nouvelles graces.

La réalité donne peu de priſe aux
idées ; dès que les déſirs ſont fatis-
faits, ces idées au contraire ſe multi-
plient à l'infini ſur un objet imaginai-
re, toujours plus parfait que le naturel, & cette agréable chimere fait naître en nous plus de plaiſirs que ne feroit ſon exiſtence.

Il n'eſt pas ſi aiſé d'excuſer le ſacri-
fice continuel des bienſéances les plus
communes, à des ſituations volup-
tueuſes (j'en conviens) mais qui
doivent être ménagées avec beaucoup
d'art, & amenées par des gradations
inſenſibles.

C'eſt en général une des regles qui
paroiſſent ici les plus négligées;cela dé-
figure un peu les bonnes fortunes

d'Angola, & fait paſſer l'envie qu'on pourroit avoir d'en être jaloux.

Mais nous l'avons laiſſé au retour de la Comédie. Ce ſpectacle eſt encore une occaſion de louanges qui coulent à grands flots de la plume de notre Auteur. Il paye d'abord un juſte tribut au vaſte génie dont les productions, à l'envi des Corneilles, des Racines & des Crébillons, ſont aujourd'hui l'ame & la vie de la Scène Françoiſe ; mais on ne pouvoit lui rendre un hommage ſi légitime & trouver dans ſon Poëme épique, le ſeul de notre langue, *cette poéſie rapide & élevée qui met l'homme au-deſſus de lui-même*, ſans ajouter que *les Homeres & les Virgiles ne l'avoient acquiſe qu'à force de travaux :* anecdote littéraire qui feroit peut-être fortune en faveur de la nouveauté, ſi le caractére imprimé de ces divins Poëtes ne la démentoit depuis tant de ſiécles.

Je paſſe les éloges équivoques pour la plûpart, dont quelques Acteurs & Actrices ſont régalés à tour de rôle.

Nous voici arrivés, Monſieur, a

moment critique. Le Prince amufé jufqu'alors devient amoureux. L'audace
que lui avoit donnée fes bonnes fortunes, fe change en fa premiere timidité. De brillant & même un peu fat
qu'il étoit, vous l'allez voir trifte &
modefte. Mais, le croiriez-vous, un
portrait opére tous ces changemens,
c'eft celui de Luzeïde Princeffe de Gol-
conde qu'il trouve par hazard *fur une
cheminée* dans l'apartement de la Fée.

Dès-lors il renonce à tous les plaifirs de la Cour, ou ne les goute plus
que médiocrement. Mélancolique &
défœuvré, fa rêverie le conduit un
jour dans la bibliothéque de Lumineufe. Autre occafion de décider.

On fait le procès indiftinctement &
fans examen à tous les in-folio ; leur
volume fuffit pour les faire releguer
dans un tas de pouffiére. Selon cette
regle fi Bayle ou Newton vouloient
être lûs, ils devoient fe faire relier en
petit. Les Romans modernes font ho-
norés d'une plus grande attention. On
diftribue à leurs Auteurs des applau-
diffemens ou des cenfures, le premier
dont on parle & que je n'ai pas devi-

né, est comblé d'invectives. Passe pour cela, il a fait des Romans & peut-être mauvais.

Mais à quel propos aller chercher un autre écrivain fort éloigné de ce genre pour le charger d'opprobres & d'injures atroces? La circonstance de sa mort prochaine, arrivée depuis, désignée ici par les expressions les plus dures, sembloit exiger de l'humanité, ou le silence ou du moins la modération; les mœurs ne sont pas un objet de critique. Leur corruption entraîne souvent des suites si fâcheuses qu'il y auroit de la cruauté à vouloir encherir dessus par la satyre : d'ailleurs la fin régulière de notre *Aristarque* a démenti l'idée qu'on en donne ici.

Bientôt Luzeïde elle-même arrive à la Cour de *Lumineuse*. Le portrait de la Princesse n'étoit pas flatté ; jugez de la passion du Prince à la vûe de l'original, à peine ose-t-il en faire l'aveu, on le souffre, mais on n'y répond pas encore.

Makis un vilain genie paroît à propos pour avancer les affaires, il se met sur les rangs auprès de *Luzeïde* de si mauvaife grace que le contrafte fait valoir Angola & la décide en fa faveur. Celui-ci cependant égaré dans une partie de chaffe trouve encore une bonne fortune. C'eft au bain qu'il rencontre Clenire. A cela près, c'eft ici une jouiffance comme les autres.

Cette petite diftraction n'empêche pas que fon amour pour la Princeffe n'augmente à tout moment. Un Bal donné par fon rival fournit au Prince une occafion d'apprendre fon bonheur de *Luzeïde* même. Le génie qui les écoutoit devient furieux il enleve la Princeffe, c'eft un raviffeur fort difcret : non feulement il la refpecte en Héros de Roman ; mais il veut bien la laiffer feule. Angola qui couroit après l'enleve à fon tour de chez *Makis* par un ftratagême puerile ; mais un Talifman foporifique fur lequel il s'étoit affis un inftant dans le palais du Génie & compofé, pour le dire en paffant, fur la recette qu'en a donnée M^r de *Montefquiou* dans fes Lettres Perfannes, ce Talifman, dis-je, avoit fait fur lui une impreffion dont l'effet devoit fe manifefter dans peu.

En arrivant chez la Fée , qui de
fort bonne grace avoit renoncé à ses
prétentions sur le Prince , les deux
Amans précipitent leur mariage malgré les remontrances de *Lumineuse*
qui craignoit les suites du couroux de
Mutine & l'accomplissement de ses
prédictions.

Elles n'étoient que trop à craindre:
Angola amoureux , aimé, marié, plein
d'ardeur & de forces ne peut être heureux avec la Princesse. Dès qu'il veut
user de ses priviléges , un sommeil
profond & invincible arrête ses pro-
grès : on l'éveille , mais il fait en vain
de nouveaux efforts dans les bras de
l'amour , il retombe toujours dans
ceux de Morphée.

Je réduis a cela le contenu de deux
ou trois Chapitres entiérement ressem-
blans au mariage de *Tanzaï* & à ses
malheurs , si ce n'est pour le style ; le
Prince est forcé d'essayer à peu près les
mêmes remedes , on le renvoye pour
sa guérison à un certain génie , *Moka*
grand ami de Makis & de *Mutine*.

Ce qu'il y a de plus fâcheux pour
le Prince , c'est qu'il faut aussi que

Enzéïde l'accompagne. Arrivé avec
elle chez le *Moka*, on ne peut lui
faire gouter un *lit à part* qu'on lui
propose malgré toutes les précautions;
Maxis profite de l'inftant de fa létargie
pour prendre fa place. La Princeffe lui
tient à fon réveil des difcours affez
clairs pour le mettre au fait de l'avanture; mais plus prudent qu'on ne devoit
l'efperer de fa paffion, il veut bien
n'avoir fur cela que des foupçons fur
lefquels il paffe même affez légére-
ment. Le lendemain *Moka* lui donne
en cérémonie un breuvage qui le gué-
rit en détruifant l'effet du Talifman
foporifique.

Cette fin eft un peu brufquée, elle
ne répond point du tout aux terribles
prédictions de Mutine ; Angola ne
confent à rien, *il ne fçait rien*, & *fes*
doutes mêmes ne paroiffent avoir rien
de *cruel* pour lui.

Au refte fi quelques perfonnes, fur
des reffemblances un peu trop mar-
quées avec des morceaux entiers des
égaremens du cœur & de l'efprit, de
Tanzaï, des lettres de la Marquife
de *** & du fopha, fe font perfua-

dées qu'Angola devoit être du même Auteur; ce n'est pas la faute du nôtre. Nourri de ces lectures il a pû enrichir son imagination du butin de sa mémoire sans être pour cela plagiaire. Ces sortes de reminiscences sont l'effet ordinaire de l'habitude. Ce qui me prouve sa bonne foi, c'est qu'il a distingué en *petite Italique* plusieurs pensées ou expressions qu'il avoit puisées dans les mêmes sources. S'il ne l'a pas fait par tout, il a crû sans doute que la différence se feroit sentir d'elle-même. Après tout, quiconque a pû s'y tromper ne mérite pas qu'on le désabuse.

P. S. Le Théâtre Anglois de M^r De ·la Place, qu'on avoit déja commencé d'extraire, est bien digne de votre attention & de celle du Public. Je me prépare à vous en parler dans mes premieres lettres, ainsi que d'un excellent Ouvrage moral, Philosophique & Littéraire, intitulé : la connoissance de l'esprit humain.

VERS

A

FREDERIC LE GRAND,

ROY DE PRUSSE.

JE crois que vous verrez avec plaisir, Monsieur, une Ode au Roi de Prusse, précédée d'une Epître, c'est l'ouvrage d'un homme de condition, que de longs voyages & le service de la Mer, n'ont pas pû détourner de l'étude des Belles-Lettres. Vous jugerez de son talent Poëtique par cet échantillon. Il est dans un âge qui donne encore plus de grandes espérances pour l'avenir.

l'Epître forme un tout si bien lié, qu'on n'en peut rien détacher sans l'affoiblir, c'est pourquoi je la mets sous vos yeux toute entiére.

Vous reconnoîtrez au commencement une imitation d'Horace à Auguste.

Cùm tot sustineas, &c.

Le reste m'a paru d'un tour original & qui porte un caractére d'invention.

J'oubliois de vous dire que le tout
a été composé avant la Paix de Dresde.
Si les circonstances ont changé depuis,
ces deux piéces n'ont rien perdu de
leur valeur intrinseque. Voici l'E-
pître.

AU ROY DE PRUSSE.

EPITRE.

Grand Roi dont le génie honore la
        naissance ,
Qui dois plus à toi seul, qu'à ta vaste
    puissance ;
Qui joins plus de talens, qui comptes plus
    d'exploits ,
Que de nombreux Etats où tu donnes des
    loix ;
C'est peu pour t'occuper des travaux de
    Bellone
Et du fardeau pompeux qu'impose une
    Couronne ,
Quand pour régler, instruire , enrichir tes
    Sujets ,
Tu balances le choix des plus sages pro-
    jets,

Et détournant les coups qui menaçoient
    leurs têtes ,
Sur les Champs ennemis , tu guides les
    tempêtes ;
Par quel prodige heureux trouves-tu des
    loisirs ,
Que charment à l'envi , les muses , les
    plaisirs. ,
La terreur de l'Autriche est l'amour du
    Parnasse ,
En faveur de mon zéle , approuve mon
    audace ;
Des Arts que tu chéris , arbitre & nour-
    risson ,
Daigne accepter mes Vers , tu fus leur
    Apollon ,
J'ignorois les sentiers du Temple de Mé-
    moire ,
J'admirois en silence , ébloui de ta
    gloire ,
Un Dieu vint s'emparer de tous mes sens
    ravis ,
Lui-même ouvrit le Temple , à l'instant
    je te vis ,
Du fond du sanctuaire une voix éclatante ,
Me dit , viens sur les pas du Héros qui
    t'enchante ,
Ils doivent te conduire à l'immortalité ,
Unis la Poësie avec la vérité ,
Accord rare & nouveau , mais toujours
    préférable
A de vains ornemens empruntés de la fable.
Plus heureux que l'indare en un plus beau
    sujet ,

                        Tu

Tu vas sans ses écarts varier ton objet ;
Oui, FREDERIC en lui reunit l'assemblage
Des dons qui de la Grece ont partagé
    l'hommage
Conquerant , Philosophe, il sçut vaincre
    & regner
Le Ciel en le formant ne sçut rien épar-
    gner ;
D'un art prostitué releve enfin l'usage ;
Consacre-lui des Dieux le sublime langage.
Du vulgaire des Rois l'avengle vanité
Usurpe trop souvent un nom peu merité ,
Et rampante à leurs pieds la basse flatterie
Dégrade en leur faveur l'auguste Poësie,
Leur oreille stupide endormie à ses sons
Se repaît, il est vrai, de vos foibles chansons.
Deserteurs de mon temple adorateurs fri-
    voles
Qui baisez en secret vos publiques idoles ;
Tous ces titres de Grand donnés au seul
    pouvoir
Nourrissent leur orgueil d'un inutile espoir ;
De la postérité le mépris ou la haine
Leur fera payer cher une gloire si vaine ;
Mais ces augustes noms pour FREDERIC
    tracés
Jamais par l'avenir ne seront effacés.
C'est en vain qu'un Oracle encourage mon
    zele
Ma muse s'épouvante, & Pegaze chancele
Dans l'immense carriere où j'entre sur
    tes pas ,
Sans ta faveur, Grand Roy, Phébus ne suit
    pas.

Tome I.   D

Quoique l'Ode ait auffi fon mérite,
je me contenterai de vous en rappor-
ter quelques Strophes ; en voici une
des premieres : l'Auteur parle ainfi à
fa Mufe :

> Combien dans ce Monarque , au printems
>> de fon âge ,
> De vertus , de talens , exigent ton hom-
>> mage !
> Il peut inftruire , vaincre & charmer l'U-
>> nivers ;
>> Et fa double Couronne
>> De Phébus , de Bellone
>> Joint les lauriers divers.

> De fon puiffant Empire à peine il prend
>> les rênes ,
> Les neuf Sœurs avec lui régnent en Sou-
>> veraines :
> D'une main il reléve , il cultive les Arts ;
>> De l'autre , avec la gloire
>> Il fixe la victoire
>> Près de fes étendarts.

Il repréfente la premiere invafion
de l'Armée combinée dans la Siléfie,

à qui il adreſſe ces deux Strophes :

Le ravage & l'horreur les ſuivent dans tes
    plaines.
Leurs pas ſont annoncés par les feux & les
    chaînes,
Que portent devant eux les Scythes * in-
    humains ;
        De ces troupes errantes ,
         Tes dépouilles ſanglantes
        Chargent déja les mains.

FREDERIC les reclame, il vole à ta dé-
    fenfe ;
Ainſi du haut des airs où ſon eſſor l'élan-
    ce , †
Toujours ſûr d'accabler un Rival furieux ,
        L'Aigle fond plein de joye
        Pour attacher ſa proye
        Au Vautour odieux.

**Il finit ainſi la deſcription de la
Bataille :**

Superbes Ennemis , que devient tant d'au-
    dace ?

* *Les Hulans.*
† *Victoire de Friberg.*

L'aspect de ce Héros vous confond & vous
glace :
Tel sur les flots émûs le Matelot tremblant,
Au fort de la tempête,
Voit briller sur sa tête
L'éclair étincelant.

La tentative sur les Etats du Roy de
Prusse qui l'a obligé d'entrer en Saxe,
me paroît fort bien exprimée.

FREDERIC suspendoit les horreurs de la
guerre,
Vous même dans ses mains * rallumez son
tonnerre,
Il éclate sur vous, crédules Alliés,
De cent desseins sinistres
Vains & foibles Ministres
Toujours sacrifiés.

Enfin, Monsieur, cette Ode en général est digne d'être lûe, & j'ai crû
y trouver beaucoup de feu & d'imagination.

* Incursion en Lusace.

*On donnera une feuille régulièrement tous
les Mardis.*

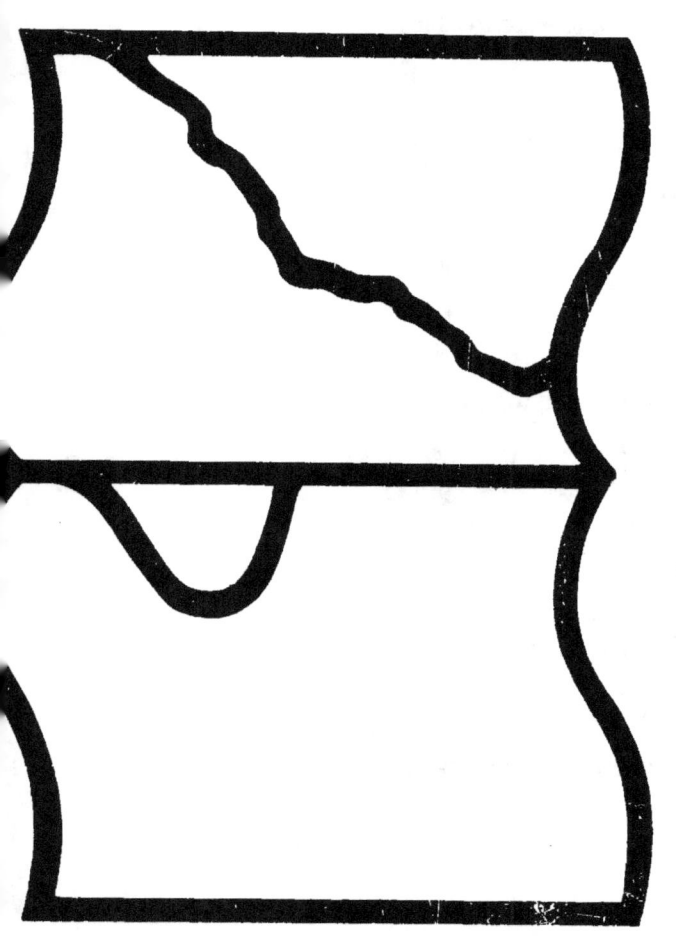

Texte détérioré — reliure défectueuse

NF Z 43-120-11

B

A

Contraste insuffisant

NF Z 43-120-14

www.ingramcontent.com/pod-product-compliance
Lightning Source LLC
Chambersburg PA
CBHW070808260626
47161CB00006B/2208